© 1977 Verlag Gerhard Stalling AG, Oldenburg und Hamburg
Gesamtherstellung Gerhard Stalling AG, Oldenburg
ISBN 3-7979-2241-8 · Printed in Germany

Wir sollten uns mal wiedersehen

von Waltraut und Friedel Schmidt

Stalling

Heute morgen hat die Klappe vor dem Briefschlitz an der Tür gescheppert, und ein Brief ist hindurchgefallen. Ich habe den Briefumschlag mit dem Tatzennagel aufgeschlitzt und gelesen:

Biberbach, den 6. August 1976

Lieber Peter Panther,

viele Grüße vom Bubi aus Biberbach. Du kannst Dich sicher noch an unsere Zeit an der Hermann Habrecht von Hasenfuß-Schule in Heidelberg erinnern. Das ist lange her! Wir sind um einiges älter geworden, haben unsere Berufe und zum Teil wohl auch Familie und Kinder. Es hat sich vieles verändert. Neulich kam mir beim Durchstöbern meiner Unterlagen ein altes Klassenfoto in die Hände. Wir alle als Erstkläßler oder i-Männchen, wie wir wohl damals sagten, und am rechten Bildrand Rektor Willibald Walroß. Mit dem Foto kam mir der Gedanke: Wir sollten uns alle mal wiedersehen! Da Du schon damals ein so hervorragendes Organisationstalent warst, möchte ich Dich bitten, ein Klassentreffen zu veranstalten.

Herzlichst Dein Bubi

Typisch, ich mal wieder! Organisationstalent! Wo ich schon ständig die Formulare für das Arbeitslosengeld verlege. Als Artist bekommt man ja keine Arbeit mehr. Aber interessiert hat mich das schon, und weil ich zu gerne gewußt hätte, wie wir damals ausgesehen haben, habe ich gleich nach dem Foto gesucht und natürlich nichts gefunden. Augen zukneifen und ganz fest nachdenken! Dann kann man sich an vieles erinnern! Richtig, ich stand doch ganz links. Dünn und winzig war ich, und ziemlich scheu habe ich in die Kamera gelächelt, um einen guten Eindruck zu machen. Neben mir hat sich der dicke Norbert aufgebaut und hinter mir der Leopold, und ganz brav haben alle ausgeschaut, weil das Foto doch später zu Hause auf das Büfett gestellt werden sollte. An all die Gesichter und wie jeder einzelne ausgesehen hat, konnte ich mich nicht mehr erinnern, wohl aber daran, wo jeder stand. Richtig, genauso war's:

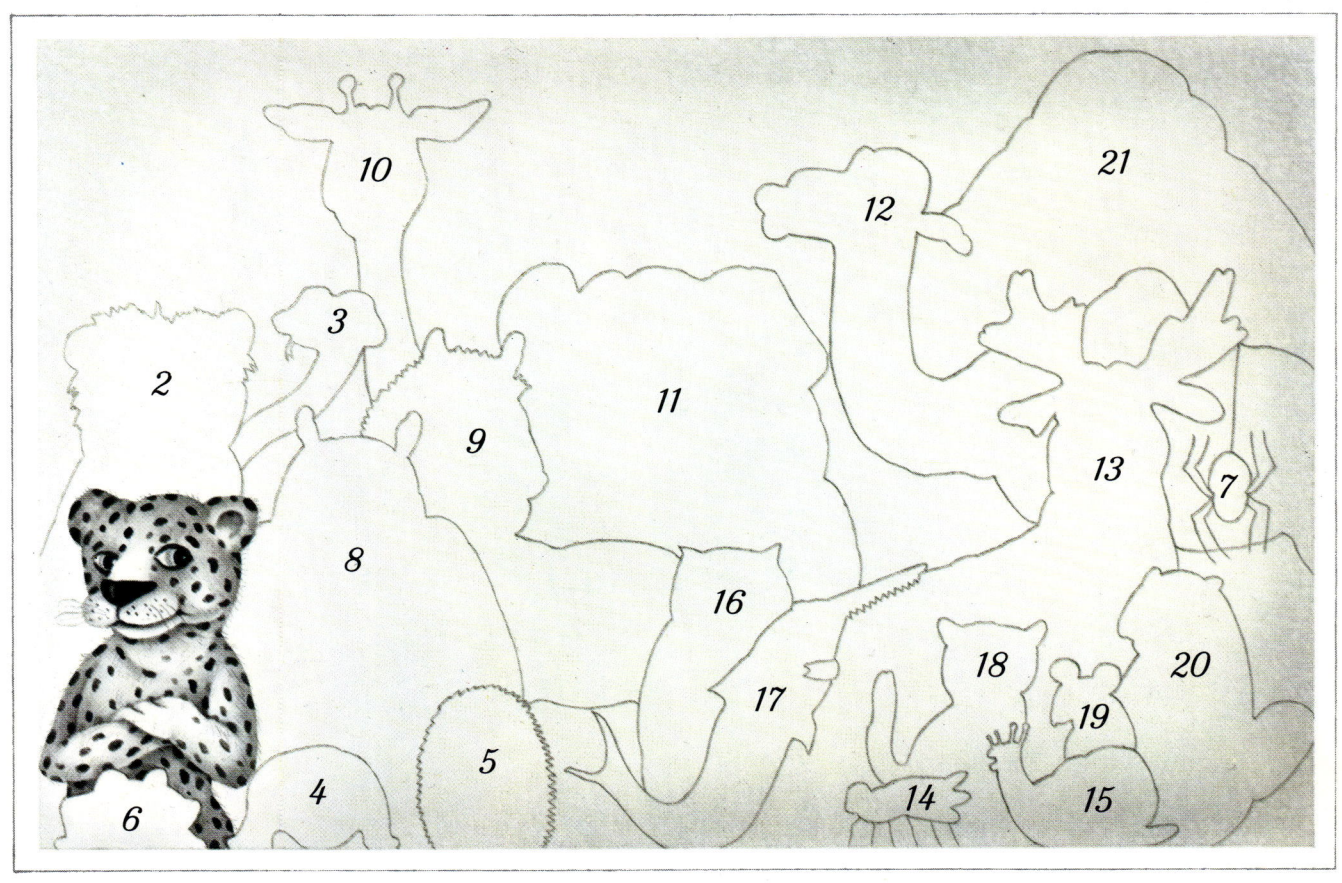

1. Peter Panther
2. Leopold Löwe
3. Scheila Schlange
4. Schiko Schildkröte
5. Isidor Igel
6. Franz Frosch
7. Spitti Spinne
8. Norbert Nashorn
9. Zizi Zebra
10. Gisela Giraffe
11. Elmar Elefant
12. Kunibert Kamel
13. Egon Elch
14. Felix Fliege
15. Schorschi Schnecke
16. Fritz Ferkel
17. Siegfried Sägefisch
18. Karin Katze
19. Manfred Maus
20. Bubi Biber
21. Willibald Walroß

Nach vielen Telefongesprächen habe ich endlich die Adressen herausgefunden. Jetzt gehe ich zum Bahnhof, kaufe mir eine Fahrkarte und besuche alle, um sie einzuladen. Ich bin neugierig, was aus ihnen geworden ist.

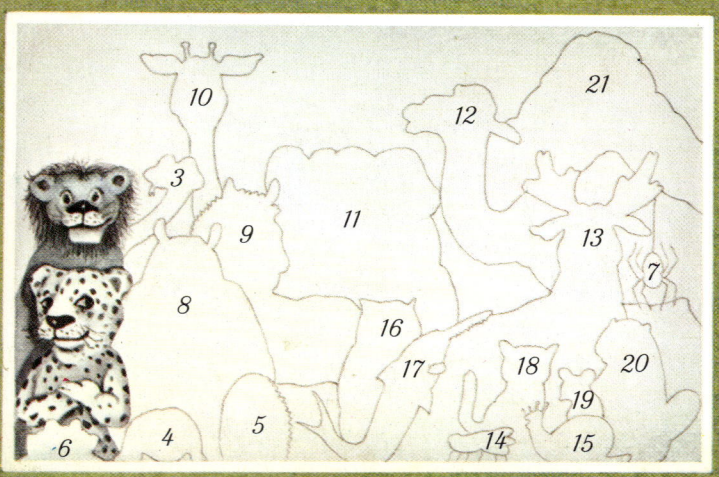

Leopold Löwe nimmt seine Arbeit ernst. Er ist Oberbrandmeister bei der Feuerwehr.

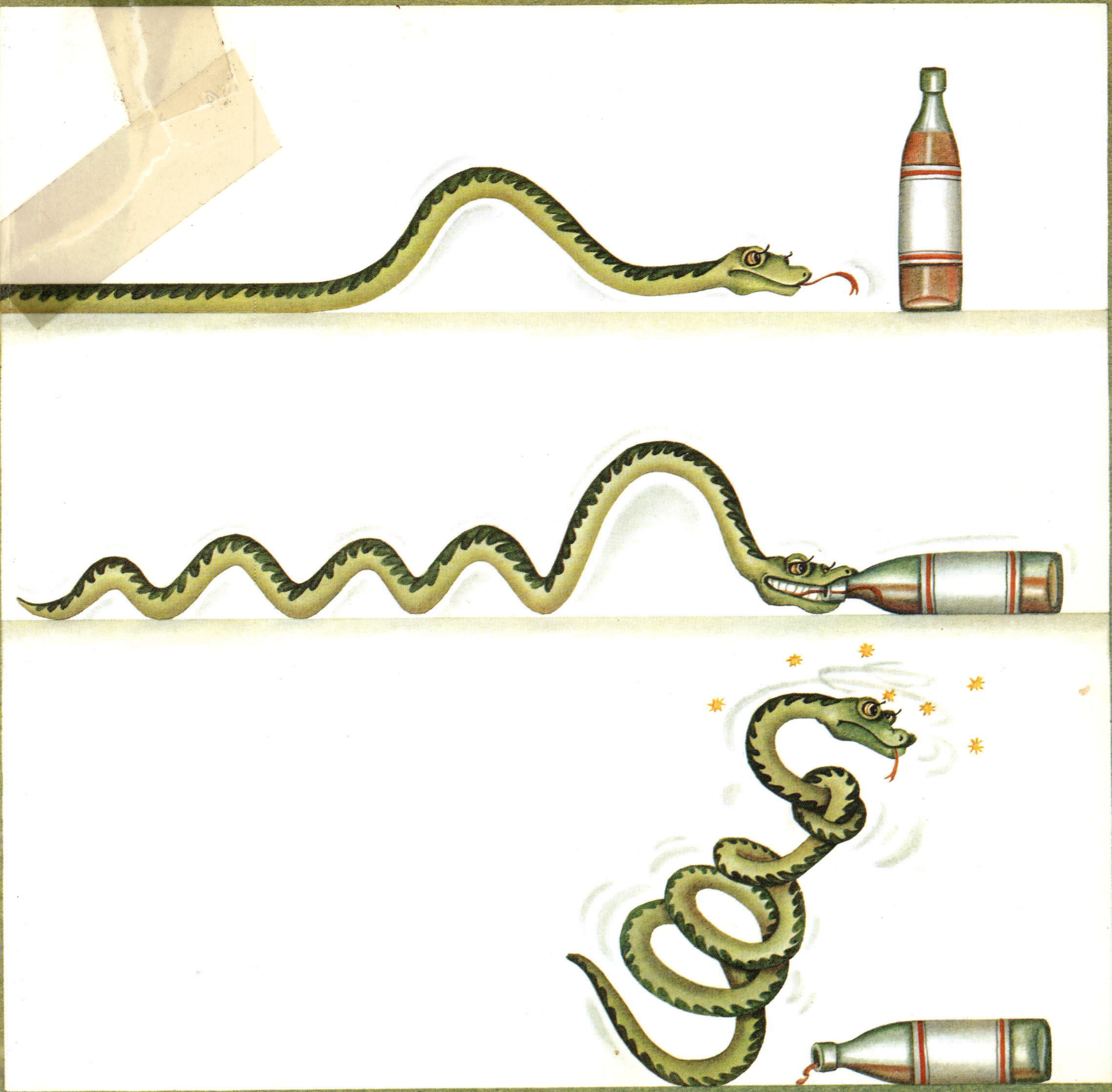

Scheila Schlange schlängelt sich überall durch. Sie trinkt gerade auf ihre Beförderung beim Geheimdienst.

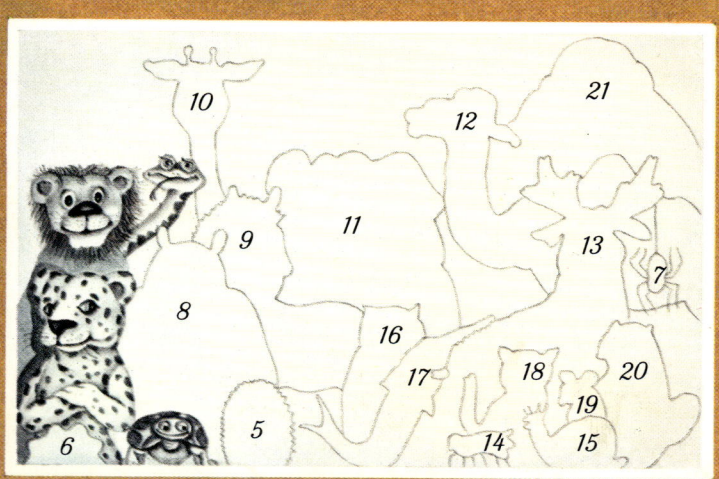

Schiko Schildkröte ist Bademeister. Am liebsten badet er in der eigenen Wanne.

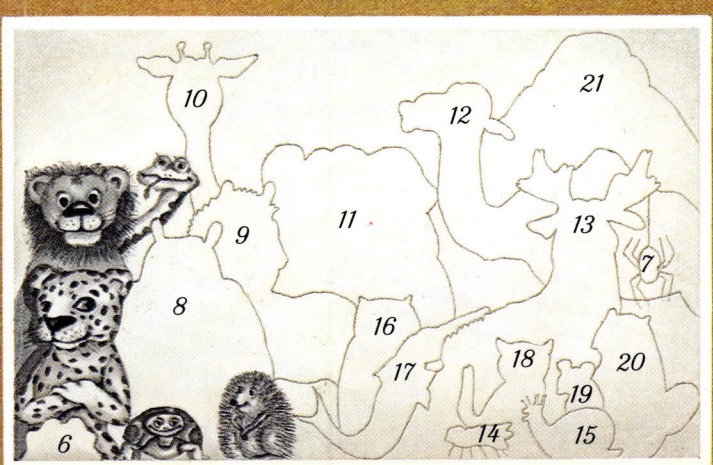

Isidor Igel arbeitet bei der Stadtreinigung.

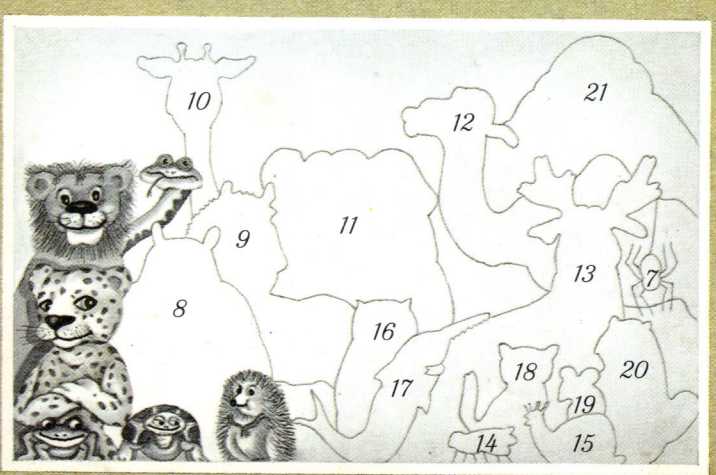

Franz Frosch ist Fliegenfänger am Institut für Insektenvertilgung.

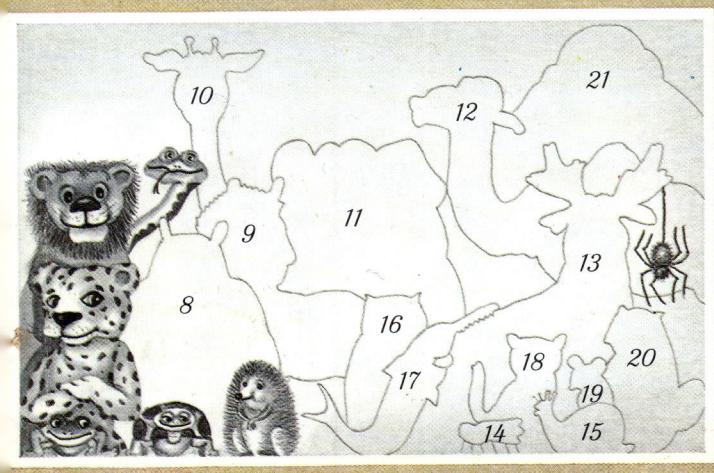

Spitti Spinne arbeitet in einer Spinnerei. Am Feierabend strickt sie sich einen warmen Pullover für den Winter.

Norbert Nashorn ist Clown beim Zirkus. Na, mit _der_ Nase!

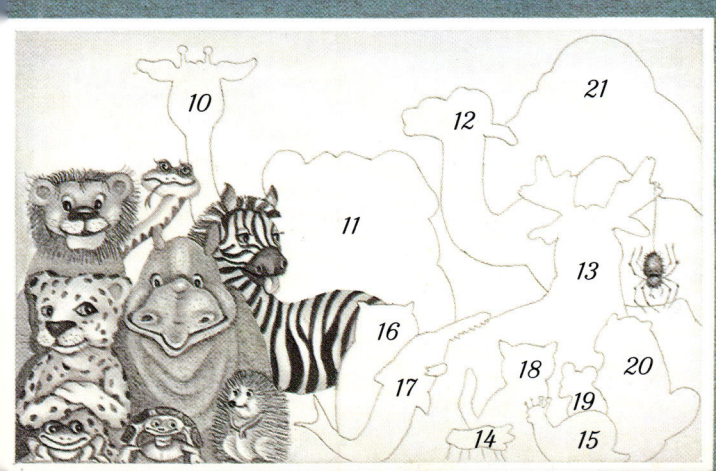

Zizi Zebra hatte schon immer einen besonderen Geschmack. Sie entwirft Stoffmuster.

Gisela Giraffe spielt gern mit Kindern. Sie ist Kindergärtnerin.

Elmar Elefant ist Gärtner.
Besonders gern gießt er freche
kleine Rüben!

Kunibert Kamel macht Urlaub am Meer. Er spielt so gern Insel.

Egon Elch gebraucht seinen Kopf zur Arbeit. Er ist Holzfäller.

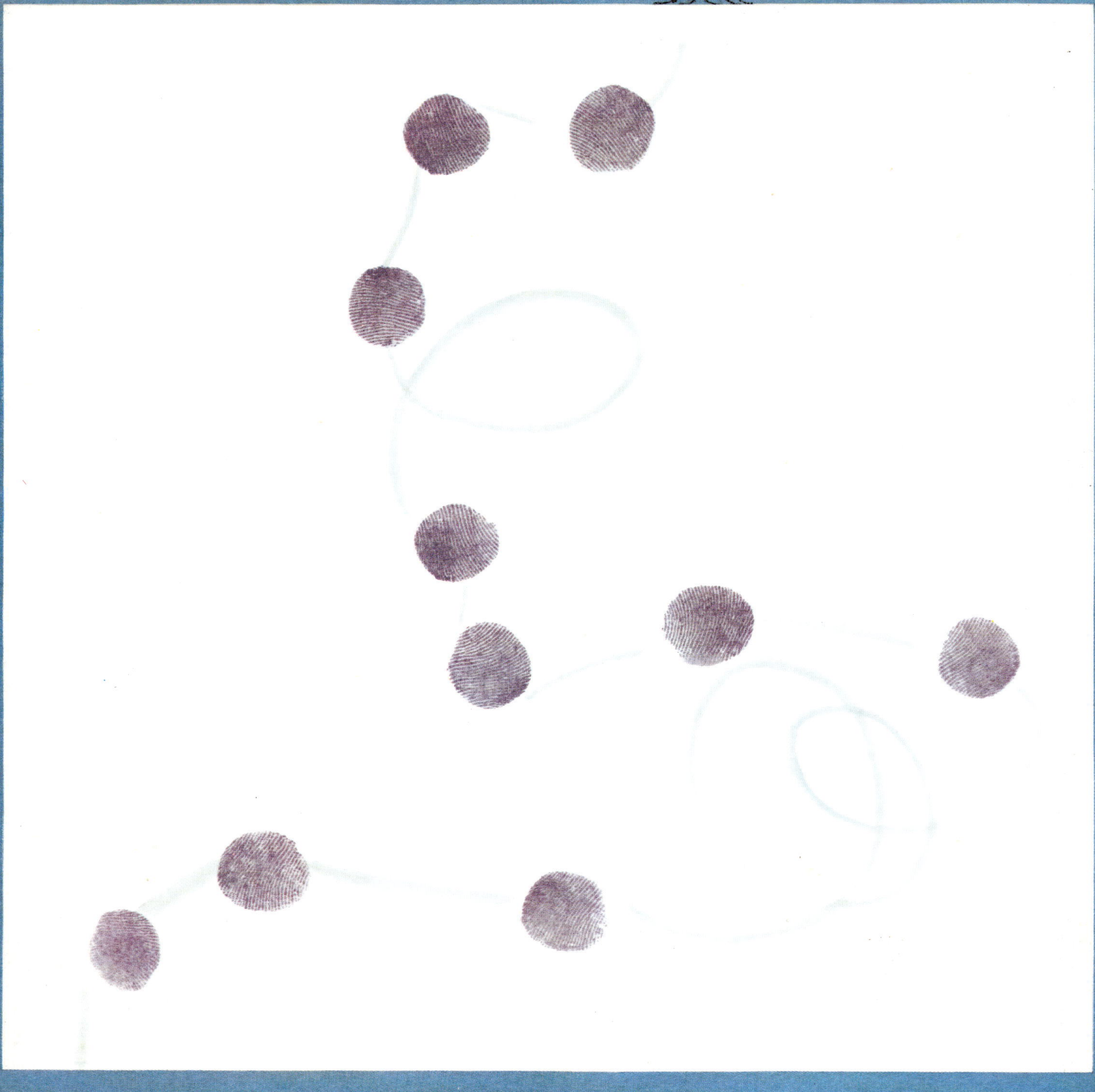

Felix Fliege wird von einem ärgerlichen Menschen verfolgt. Aber er ist Pilot und hat einen Flugschein. Da ist er einfach davongeflogen.

Schorschi Schnecke ist Beamter bei der Post.

Fritz Ferkel ist Lehrer. Heute bringt er den Kindern die Zahlen bei.

Siegfried Sägefisch ist Besitzer eines Sägewerks.

Karin Katze hat einen Fischladen aufgemacht.

Manfred Maus hat eine große Familie. Sie sind alle Artisten.

Bubi Biber ist Anspitzer in einer Bleistiftfabrik.

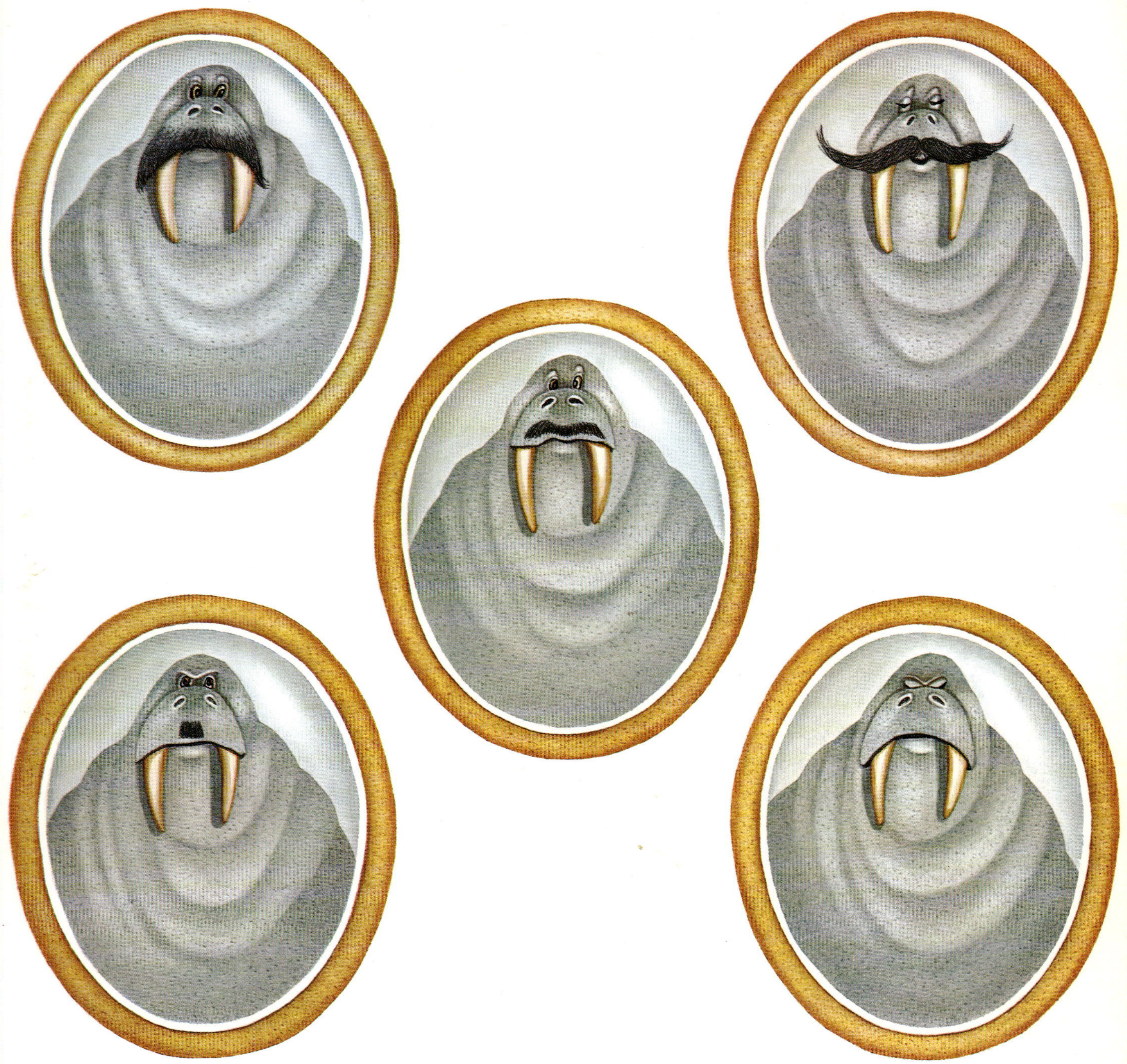

Und Rektor Willibald Walroß ist pensioniert. Er stutzt gerade seinen Schnauzbart.

Alle sind zum Klassentreffen gekommen. Gleich zu Beginn hat der Rektor eine feierliche Rede gehalten. Danach haben wir von alten Zeiten geredet und davon, daß vieles anders kommt, als man denkt, und daß man vieles nicht braucht, was man gelernt hat, und vieles nicht gelernt hat, was man braucht. Dann haben wir uns im Halbkreis aufgestellt. Ein Fotograf ist gekommen und hat ein Foto von uns gemacht. Er hat es gleich fertig aus der Kamera gezogen, und Bubi hat das alte Klassenfoto neben das neue gelegt.
Haben wir uns verändert! Oder etwa nicht?

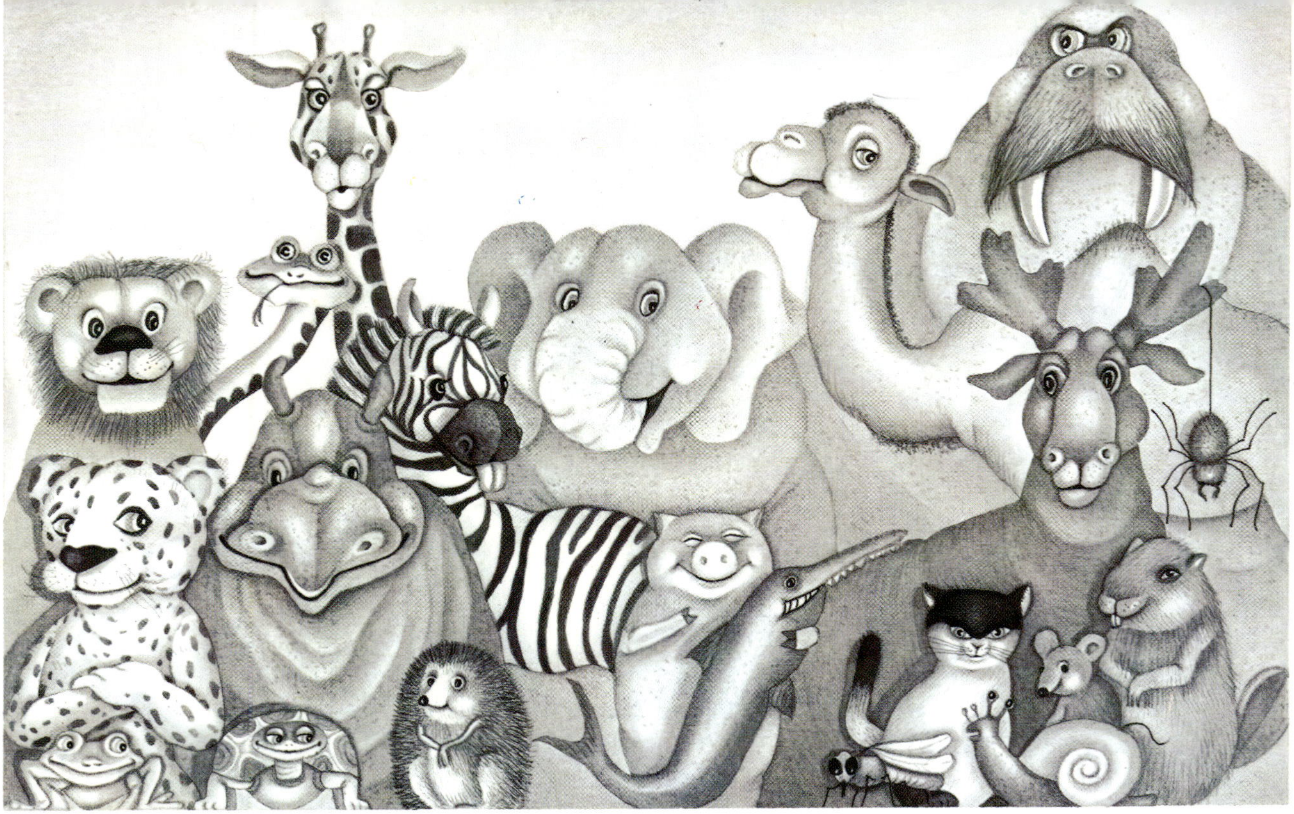

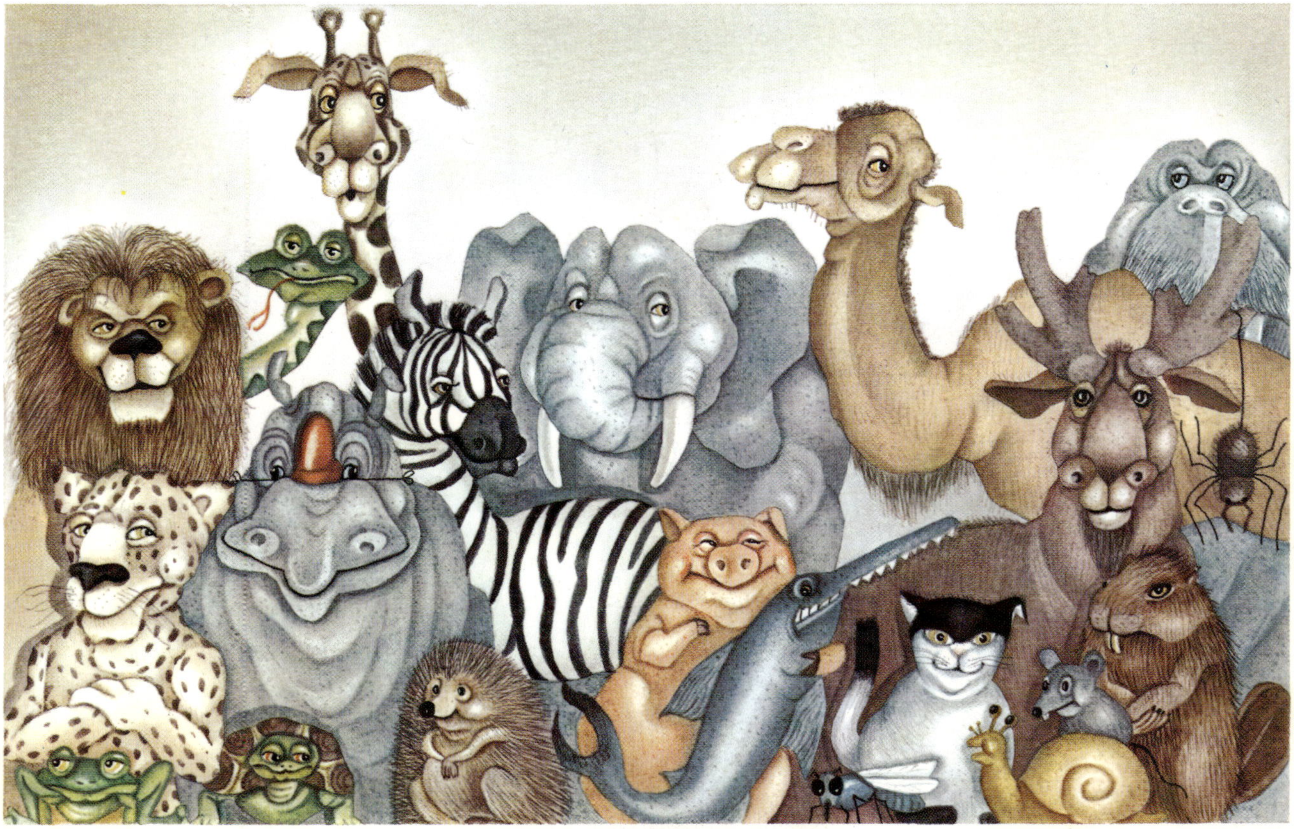